BRAIN
TEASERS

SU
DO
KU

BRAIN
TEASERS

SU
DO
KU VOLUME 1

RUPA

Published by
Rupa Publications India Pvt. Ltd 2019
7/16, Ansari Road, Daryaganj
New Delhi 110002

Sales Centres:
Allahabad Bengaluru Chennai
Hyderabad Jaipur Kathmandu
Kolkata Mumbai

ISBN: 978-93-5333-578-6

First impression 2019

10 9 8 7 6 5 4 3 2 1

Introduction

The popular Japanese puzzle Sudoku is based on the combination of logic and trial-and-error. A game of logical placement of numbers, Sudoku doesn't require any calculation or special math skills; all that is needed is application of mind and concentration.

Sudoku is one of the most popular puzzles of all time. The goal of this game is to fill a 9×9 grid with numbers so that each row, each column and each of the 3×3 subgrids contain all of the digits from 1 to 9. Being an excellent brain game, Sudoku improves concentration and overall brain power.

How to Play Sudoku

The goal of Sudoku is to fill in a 9×9 grid with digits such that each column, each row and each of the 3×3 subgrids contain the numbers from 1 to 9. At the beginning of the game, the 9×9 grid will already have some of the squares filled in. Your job is to use logic to fill in the missing digits and complete the grid. Don't forget, a move is incorrect if:

- A number, from 1 to 9, appears twice in any *row*
- A number, from 1 to 9, appears twice in any *column*
- A number, from 1 to 9, appears twice in any of the *3×3 subgrids*

Tips for Sudoku

Sudoku is a fun puzzle once you get the hang of it. However, learning to play Sudoku can be a bit intimidating for beginners. So, if you are a beginner, here are a couple of tips that you can use to improve your Sudoku skills.

Tip 1:

Look for rows and columns in the 3×3 subgrids that contain five or more numbers. Work through the remaining empty cells, trying the numbers that have not been used. In many cases, you will find numbers that can only be placed in one position, considering the other numbers that are already in its row, column and 3×3 subgrid.

Tip 2:

Break up the grid visually into three columns and three rows. Each large column will have three 3×3 subgrids and each row will have three 3×3 subgrids. Now, look for columns or grids that have two of the same number. There should be only one number, and no repeats of it, in the nine-cell grid. Look at each of the remaining nine positions, and see if you can find the location of the missing number.

Exercise those grey cells! Now that you know a little more about Sudoku, let's start playing.

A FEW SIMPLE ONES TO BEGIN WITH

6	7		4	2	3		8	5
			1	7		9		4
			8					7
			5	4	1	8		
		3				4		
		4	9	3	2			
1					4			
9		2		1	7			
7	4		3	8	9		5	1

			3	1		8		6
			8				7	
9	8		7	6				3
	7	1		8		9	2	4
3	4	2		9		1	8	
2				7	8		9	1
	1				6			
4		6		3	2			

4			5					1
7		1	2		4	8		
	2	3	8					
9		7		8		5		2
	3						4	
2		6		4		9		3
					6	2	1	
		9	1		3	4		8
1				9				6

9	1		7					
	3	2	6		9		8	
		7		8		9		
	8	6		3		1	7	
3								6
	5	1		2		8	4	
		9		5		3		
	2		3		1	4	9	
					2		6	1

6			7		5	4		3
		3		2		7		
					6		5	1
2		5		6		9		4
	7						1	
9		1		7		5		8
5	3		8					
		8		9		3		
7		6	1		3			9

	9	7	5		1	8		
8				2				
1	2		4		3		9	
7	5						2	
		4	2		9	3		
	8						1	9
	4		7		6		8	5
				5				1
		8	1	1	4	2	6	

8	3		5		9		6	
	6	2	1		8	7		
7				3				
2	1						3	
		5	3		6	9		
	7						8	6
				1				8
		7	8		5	3	4	
	5		2		4		7	1

9	2		1					
	6	3	8		9		4	
		1		4		9		
	4	8		6		2	1	
6								8
	5	2		3		4	7	
		9		5		6		
	3		6		2	7	9	
					3		8	2

					6	1		5
3			1		9		4	2
	1			3			6	
6	5			2			9	3
		9				2		
8	3		4				5	7
	2			7			1	
1	8		5		2			4
9		5	4					

7		1	6		2	8		
	8			4				
4	2		9		5			7
6	1							4
		9	4		7	5		
8							7	2
9			1		3		6	8
				6			2	
		8	2		9	4		3

7		4	1		2			3
	2	6	8		9	4		
	3			6				
	7	1				6		
8			6		4			9
		3				2	4	
				1			2	
			8	7		5	3	1
3			2		8	5		6

4				5				1
7		1	2		4	8		
	2	3	8					
9		7		8		5		2
	3						4	
2		6		4		9		3
					6	2	1	
		9	1		3	4		8
1				9				6

	1			6			9	
9		5	1					
	4	8	7		9	6		
	7	6		8		1	5	
8								7
	5	3		4		2	6	
		4	8		5	9	2	
					4	7		5
	9			3			8	

	4			5				
2		3	1		8			4
	8	5	6		9	3		
	2	1			5			
6			5		3			9
		4			8	3		
		6	2		7	4	1	
4			8		6	7		5
				1			8	

					6		2	7
		2		5		6		
5			2		4	2		9
6		7		9		4		5
	4						9	
8		5		3		7		1
2		8	7		9			3
		9		1		2		
4	7		3					

	9	2	4					
5		8	6		9	3		
4				3				9
6		3		8		4		2
	8						6	
2		1		5		7		3
9				1				8
		5	8		2	9		7
					5	6	2	

		2		8		4		
	7	9	6		4		8	
4	3		2					
	8	6		7		3	2	
7								6
	5	3		9		8	1	
					9		6	3
	9		7		3	1	4	
		4		5		7		

3			1		7	2		9
					6		1	4
		1		3		6		
6		4		9		7		3
	7						9	
5		3		2		4		8
		9		8		1		
7	4		2					
1		5	4		9			2

8			3		6		2	1
				2			7	
		1	7		8	5		6
1							4	7
		8	5		4	9		
2	3							5
4		3	2		7	1		
	1			5				
5	7		8		9			4

9	3		5					
4		2	3		8			5
		8		6		4		
2		7		5		3		6
	9						8	
1		3		8		9		7
		4		7		1		
7			4		9	5		8
					1		4	3

6	4		8		7			1
5		7	2					
	2			1			7	
1	8			6			5	2
		6				8		
9	5			4			1	3
	7			9			6	
					4	5		8
4		6			5		3	7

	7	3	5		1		8	
6	5		8		2			7
		2		3				
	2	4					7	
9			4		6			8
	6					1	3	
				6		7		
7			2		3		4	1
	4		9		8	2	6	

	2	4	8		7		5	
		7		9		2		
8	3		5					
	4	6		5		8	9	
3								7
	1	8		7		3	6	
					1		8	2
		2		6		1		
	6		2		3	5	7	

4	8		9		7			6
	3	7	5		1		8	
		6		3				
	9	4					3	
5			3		8			1
	6					8	7	
				9		7		
	5		4		2	9	6	
6			7		5		2	3

				9		3		
	2		6		1	5	9	
3			5		8		2	4
	9					4	8	
								1
								3
	3	8	7		4		1	
		5		8				

9	4		2		3		5	
		3		1				
5		1	9		6			2
3		7						5
	8		7		4		2	
4						6		1
7			8		2	3		4
				4		5		
	5		3		1		6	7

	1	4	7		5	6		
	9			6			5	
5		3	9					
	7	6		4		9	3	
4								7
	3	2		1		8	6	
					1	7		3
	5			2			4	
		1	4		3	5	8	

		2	1		6	9	5	
				5			3	
9			3		2	6		4
		9				3	8	
2			4		8			7
	1	5				4		
1		8	5		3			9
	9			4				
	3	4	2		7	8		

		1	3		9	8		5
					1	4	9	
8				6				3
9		6		1		5		2
	3						4	
4		2		3		7		9
7				2				8
	8	9	7					
1		3	4		8	2		

	3	9	8					
8				6				3
5		4	2		3	6		
2		6		4		8		9
	4						2	
9		1		5		7		6
		5	4		9	3		7
3				1				4
					8	2	9	

9	5		7		1		2	
6				5				
	2	3	4		9	6		
3	4						5	
		7	5		2	1		
	6						9	2
		6	9		7	5	8	
				4				9
	7		3		8		6	4

6				1				
	7	5	9		4	6		
4	1		8		2		7	
5	9						1	
		8	1		7	2		
	6						4	7
	8		5		3		6	9
		6	4		8	1	3	
				9				4

2			9		6	5		4
				1			2	
		5	8		3	1	9	
		1				6	4	
8			5		1			3
	5	9				2		
	6	2	7		4	3		
	9			6				
1		7	3		9			2

	9	1	3		5	4		
3		7	4					
	5			8			1	
	6	9		4		8	3	
7								5
	3	2		5		6	7	
	1			6			2	
					2	3		1
		6	1		7	5	4	

	2			8			9	
4	6		3		9			8
7		9	2					
8	3			4			7	2
		4				3		
5	7			6			8	1
					6	7		3
6			4		7		1	9
	9			5			4	

		2	5		3	1		7
3			8		7		4	2
				4			5	
2							9	5
		3	1		9	6		
4	8							1
	2			1				
1	5		3		6			9
9		8	4		5	2		

7		1	9					
	2			4			8	
	5	8	7		2	9		
	3	5		9		4	7	
1								2
	7	6		2		3	1	
		3	8		1	2	9	
	8			3			6	
					6	7		8

	5		8		7		6	4
6				1				8
					5	7	9	
7	1			5			4	3
		8			9			
9	9			8			2	7
	7	6	2					
2				3				6
5	8		9		6		3	

					1	7		9
	7			5			1	
5			7		2		8	3
1	9			3			2	5
		2				3		
6	5			8			9	4
7	6		9		3			8
	3			4			7	
2		9	8					

	4	6	5		9	7		
3		7	8		4			2
	2			6				
	3	8				6		
5			6		7			9
		2			4	7		
				8			4	
2		4		5	1			6
		5	3		1	2	8	

6			7		4		2	9
	2		3		8	7	5	
				5		6		
	5					9	4	
3			2		5			8
	7	2					6	
		7		4				
	6	4	1		9		8	
5	1		8		7			6

	6			5			7	
5			6		9		3	4
				7	6		2
7	2			4			9	5
		9				4		
8	5		3				2	1
9		2	3					
6	8		2		4			3
	4			1			6	

				8				6
		6	7		4	2	5	
	5		9		3		8	7
	8						4	2
		9	5		8	3		
5	7						6	
4	6		1		2		3	
	1	8	3		7	6		
7				4				

9	3		4		6			7
7		5	2		3	1		
	1			9				
2	5							9
		4	9		7	6		
1							7	3
				2			3	
		1	3		4	9		8
4			5		8		2	1

				9			2	
4			5		7		9	8
		8	2		4	3		7
8							1	2
		4	3		1	6		
9	5							3
1		5	9		2	8		
3	2		4		6			1
	8			3				

2			5		7	9		3
				8			5	
		7	4		9	2	8	
		2			5	1		
7			3		1			6
	4	8				3		
	5	3	7		6	1		
	1			3				
4		1	8		5			2

5	8		3		6			1
		6		9				
	2	9	8		4		3	
	6	1					2	
7			1		5			3
	5					4	9	
	1		7		3	6	5	
				5		2		
2			6		9		1	4

				1				2
		2	5		6	8	9	
	9		4		3		1	5
	1						6	8
		4	9		1	3		
9	5						2	
6	2		7		8		3	
	7	1	3		5	2		
5				6				

8				9				7
	1	3	4					
5		7	1		8	4		
6		5		4		9		1
	3						8	
1		2		8		6		3
		6	7		3	8		4
					2	1	7	
7				6				2

6		8	4					
	2	9	1		6	7		
	4			7			6	
	1	7		9		4	8	
9								1
	8	5		2		3	7	
	6			5			9	
		2	9		8	6	3	
					2	1		8

9	3		2					
		2		7		3		
8		6	5		3			7
7		5		8		9		2
	8						5	
4		9		6		7		1
6			8		9	1		3
		3		4		8		
					6		9	5

8	5		2		3		1	
7				8				
	2	6	1		7	5		
9	7						5	
		4	9		6	1		
	6						8	3
		5	7		8	3	9	
				6				4
	9		4		1		6	7

6				1				
5	1		2		3		9	
	9	7	8		5	6		
7	8						1	
		2	1		9	3		
	6						5	9
		6	5		2	1	4	
	2		7		4		6	8
				8				5

7				5				3
	3	1	7					
9		6	4		3	5		
4		5		6		7		1
	6						4	
1		2		9		8		5
		9	6		1	3		8
					9	4	1	
3				2				6

				5				3
	1		4		7		5	8
		3	8		6	9	1	
	5						6	9
		4	1		5	7		
1	8						3	
	2	5	7		8	3		
6	3		2		9		7	
8				6				

				5				3
	1		4		7		5	8
		3	8		6	9	1	
	5						6	9
		4	1		5	7		
1	8						3	
	2	5	7		8	3		
6	3		2		9		7	
8				6				

					2		7	6
		8		4		1		
2			1		7	5		8
4		7		2		3		5
	1						6	
3		6		1		7		9
1		2	6		8			3
		9		3		8		
7	8		9					

		7	9		4	6		5
				6				2
	2		5		8	7	1	
		6				8		1
	9		7		6		4	
7		5				2		
	6	3	4		5		2	
5				8				
8		2	3		1	4		

	9			7				
7	8		3		4			5
5		6	1		8	9		
1	6							7
		3	7		5	4		
9							5	8
		9	8		3	7		2
3			6		2		1	9
				1			8	

	4			7				
9		2	1		5	4		
7	5		3		6			9
1	2							7
		3	7		9	6		
4							9	5
3			2		8		1	4
		4	5		3	7		8
				1			5	

AND NOW, A FEW DIFFICULT ONES

6			5		7			
8	3		1		6	7	4	
		1			3			
	1			6				
9		6				8		1
				1			6	
			9			1		
	4	8	6		1		3	7
			4		2			8

	8		1			5		7
				4	7		9	3
3				8		1	6	
	6		2		3			
8								6
			4		8		7	
	3	8		5				4
4	5		8	7				
9		6			4		8	

7	9							
8		1			9		7	
	4	6		7				8
		7	6		3		5	
1		2				6		7
	6		7		8	2		
6				9		8	2	
	7		2			4		9
							1	5

	5	4		2				7
2	6							
7		8			6		2	
		2	4		9		1	
8		3				4		2
	4		2		7	3		
	2		3			5		6
							8	1
4				6		7	3	

9		1		2			7	
	4	3			7		1	
2	7		1	6				
			7		1			6
	1						3	
3			5		9			
				7	6		9	4
1			8			2	6	
	9			1		8		3

8				5		1	6	
		6	8				4	3
				2	6	5		8
		2	6		8			
4								6
			1		7	4		
1		3	2	8				
2	5				9	6		
	9	4		6				1

7	1							
	8	2			7			1
9		3		1			8	
		1	3		5			6
	2	4				3	1	
3			1		8	4		
	3			7		8		4
1			4			9	7	
							6	2

	7	4						
5		8		7			3	
2	3				4	7		
7			5		9	1		
6	2						7	5
		5	7		3			6
		7	6				4	8
	5			4		6		3
						2	1	

	9	1	4	7				
2		4			3		6	
3	8			6		1		
			1		5		8	
		8				6		
	4		6		7			
		7		2			1	6
	6		7			9		8
				4	6	7	2	

5		2	1	8				
	1			5		2		
	4	6			2			1
			2		1			8
		1				4		
4			3		9			
1			7			8	5	
		9		1			7	4
				2	8	9		6

8	4				3	2		
	2	3						
7		6		2			4	
2			7		9	1		
5	8						2	7
		7	2		4			5
	7			3		5		4
						8	1	
		2	5				3	6

8				7		6	2	
				9	6		7	8
	6		8			3		5
	9		6		8			
3								6
			2		1		3	
9		7			4		6	
2	5		9	8				
	3	4		6				2

4	9			2		7		
5		3			7		4	
	2	7	4	8				
			7		4		8	
		4				5		
	5		1		9			
				7	8	9	3	
	4		6			8		2
		9		4			5	6

3	1		2	7				
	8	9			1			2
4		2		3			1	
		1		2				7
	2						9	
9			5		4			
	4			2		6		9
2			6			3	7	
				1	7		4	8

	6		5			2		3
5				4		6	1	
				9	6		4	5
	9		6		5			
2								6
			1		8		2	
1	2		9	5				
	2	7		6				1
9		4			7		6	

	6			4		1		5
3			5			8	4	
							2	7
6			3		1	5		
	7	5				6	3	
		3	6		9			2
4	3							
	1	7			4			3
8		6		3			1	

	5	9		1				4
8		3			9		1	
4	7		8	2				
			4		6		5	
5								1
	8		1		2			
				8	1		3	2
	1		2			5		7
2				3		1	4	

1	4				3	2		
	2	7		5				3
3		5	2	6				
			3		2	6		
2								4
		4	9		7			
				3	6	1		7
7				2		4	8	
		2	8				5	6

7	6			4		5		
	2	3						
8		4			6		1	
6			7		1		5	
5		1				2		6
	3		9		5			1
	1		4			7		2
						1	4	
		7		1			8	5

	7	8			3			1
6	2		7	4				
5		3		1			2	
			2		9			5
	5						1	
7			1		4			
	4			8		1		2
				7	1		4	8
1			4			5	6	

	8	4						
2	5			4		6		
7		6			8		4	
4			2		1		9	
3		7				4		2
	2		4		6			3
	4		3			8		5
		2		8			3	6
						9	7	

	4		2			3		5
		3		4			1	7
						4	2	
	8		6		7			4
7		4				5		9
9			3		4		7	
	5	8						
3	9			2		7		
1		2			9		4	

3		1						
	2	7			4			6
4	5			7		9		
	4		5		6			9
	9	6				3	4	
1			8		9		6	
		5		6			9	2
6			7			5	3	
						6		7

	1	6			8			9
3		8	9	4				
5	9			3		8		
			8		9			4
		9				1		
1			2		5			
		5		9			7	1
				8	4	5		6
9			7			4	3	

	6			8		4		9
		1	4				8	2
						3	5	
		6	1		9			4
4	3						1	6
1			6		7	5		
	1	8						
3	9				8	1		
6		2		1			9	

	4	6		3				7
8	9							
3		2			4		7	
		4	6		5		7	
5		7				4		9
	8		1		7	5		
	5		3			9		6
							3	5
6				5		7	2	

6	1		8	3				
	8	7			5			2
4		5		2			1	
			1		9			4
	4						2	
8			2		3			
	3			7		2		1
2			3			4	6	
				8	2		3	7

	6			8		5		4
		8	4				9	1
				7	9	2	6	
		5	3		6			
	8						5	
			7		8	9		
	7	1	8	9				
5	2				7	8		
8		6		1			7	

		6		7			3	8
						2		1
9			8			7	4	
6			9		3		8	
	8	1				9	6	
	9		6		5			2
	1	3			7			9
7		9						
4	6			9		3		

	7		4			3		9
		8		7			1	4
				5	3	8	2	
	1		6		8			
		7				1		
			5		7		3	
	9	5	7	3				
7	8			9		5		
1		2			5		7	

8	3			9		7		
	9	7	8	4				
5		6			7		8	
			7		8		4	
		8				5		
	5		1		3			
	8		2			4		9
				7	4	3	6	
		3		8			5	2

	7	8		3				6
6		9			2		3	
3	2							
		3	8		1		4	
9		5				8		3
	8		3		6	5		
							9	4
	3		5			7		2
8				2		6	5	

				3	9		6	2
4			5			8	9	
	6			4		5		1
1			7		6			
	4						1	
			3		4			9
6		4		8			3	
	2	1			3			4
8	3		4	9				

6		4			7		5	
5	7							
	8	3		5				6
		5	3		2		9	
4		1				3		5
	3		5		6	1		
3				7		6	1	
							4	9
	5		1			8		7

						5	4	
		4	5				2	9
	2			4		3		7
		6	8		7			4
7	4						9	1
1			2		4	7		
2		1		5			7	
3	5				1	4		
	6	9						

	3	5			7			2
4	7			2		1		
6		1	5	9				
			1		8			4
		4				2		
5			2		9			
				5	2	9		3
		9		3			2	1
2			9			6	4	

1		7	2	4				
8	6				1	2		
	2	9		7				1
			1		2	4		
2								6
		6	5		9			
9				2		6	3	
		2	3				7	4
				1	4	8		9

							4	5
	7			9		2		1
8			1			3	9	
7			8		2	1		
	5	1				7	8	
		8	7		6			4
	2	5			9			8
3		7		8			2	
9	8							

9	1			6		8		
3		8	2	5				
	7	2			1			6
			8		4			9
		9				6		
2			6		5			
6			5			3	9	
				2	6	5		7
		5		7			6	8

		2	9				8	7
				4	8	3	6	
	6			2		5		9
		5	1		6			
	2						5	
			4		2	8		
2		6		7			4	
	4	7	2	8				
5	3				4	2		

4		8		5			1	
7	5							
	1	3			7			5
		5	8		6			2
	3	9				8	5	
8			5		1	9		
5			9			4	7	
							2	3
	8			7		1		9

5			3			4	1	
	7		1			8		3
							9	2
7			5		8	3		
	2	3				7	5	
		5	7		6			9
1	5							
4		7		5			8	
	8	2			1			5

2		8						
5	4			8		1		
	9	1			2			8
	8		4		3			6
	7	9				8	4	
4			8		1		7	
8			7			2	5	
		4		2			1	7
						6		9

	8			7		5		2
7			6			4	8	
							7	6
9			3		5	7		
	7	5				1	4	
		1	8		7			5
4	9							
	6	2			1			7
1		8		6			5	

6	4			8		3		
2	7			3				4
8		3	4	9				
			3		4			9
		4				2		
2			5		6			
				3	9	6		7
4			1			9	8	
		6		4			1	2

	6	7	8	5				
3	4			2		7		
1		8			3		2	
			7		9		4	
		4				2		
	8		2		5			
	2		5			6		4
		5		1			7	2
				8	2	5	1	

	8		9			5		2
							9	8
2				8		7	3	
	6		4		7	8		
8		7				1		5
		1	2		8		7	
	1	2		9				7
6	5							
9		3			1		8	

	6	9						
3		1			5		4	
2	5			1		8		
5			2		4		8	
8		4				6		5
	9		7		8			4
		2		4			3	8
	4		1			2		6
						4	1	

						5	8	
		4	3				1	7
	9			1		3		2
		9	4		2			3
3	5						4	9
4			9		6	8		
9		7		4			2	
5	2				1	4		
	4	1						

	3	2		9				1
1	9		2	8				
7		6			1		2	
			1		2		8	
2								6
	6		4		3			
	2		5			9		8
				1	8		7	3
3				2		5	6	

	6	5		9				2
9		1			6		3	
8	7							
		6	5		3		2	
3		2				6		7
	8		4		2	3		
							9	3
	3		9			7		5
5				3		2	1	

6		5			9		7	
	2	4		7				6
7	9							
		7	4		3		8	
5		1				4		7
	4		7		6	1		
							5	8
4				9		6	1	
	7		1			2		9

	1	8	7	6				
7	3			1		8		
9		5			8		7	
			8		7		6	
		7				9		
	9		2		3			
	7		4			6		1
		3		7			9	4
				8	6	3	5	

	9		1			8		3
3				9		2	7	
							1	9
	6		4		2	9		
9		2				5		8
		5	3		9		2	
6	8							
	5	3		1				2
1		7			5		9	

8				9		6	2	
				5	1		3	8
	9		6			7		1
	2		4		8			
9								2
			5		9		1	
3		2			5		9	
5	7		9	1				
	8	9		7				5

2				1		4	3	
		1	7				5	2
						7		1
		8	9		3		1	
1	3						6	5
	6		2		1	3		
8		5						
7	4				6	1		
	2	6		7				3

	9	8			5			6
3		2		6			9	
5	6							
		6	2		4			1
	8	7				2	6	
2			6		9	7		
							1	8
	2			5		9		7
6			7			3	5	

	4	5			9			2
9	2							
3		8		2			4	
		2	8		6			1
	5	7				8	2	
8			2		4	7		
	8			9		4		7
							1	5
2			7			3	9	

1			3			2	9	
		3		6			1	4
				8	1	3		6
8			1		3			
		9				1		
			4		5			9
2		4	8	3				
9	7			1		4		
	6	8			7			1

	8	5						
1	3				5	8		
4		7		8			3	
8			4		6	2		
9	1						8	4
		4	8		3			9
	4			5		9		3
		8	9				5	7
						1	2	

4		3						
	2	7		4				1
1	8				3	4		
	4		2		6	5		
8	9						2	4
		2	4		1		9	
		4	9				7	3
2				3		9	1	
						8		5

1				9		5	7	
				8	5		9	1
	5		1			6		3
	8		5		1			
6								5
			7		4		6	
8		9			2		5	
7	3		8	1				
	6	2		5				7

6	3				7	1		
5		7		3			9	
	4	2						
7			5		1	9		
9	1						2	7
		4	8		9			1
						3	1	
	5			1		6		9
		1	3				5	2

8	5							
	9	3			7			1
7		4		9			6	
		7	4		1			6
	1	6				7	8	
5			2		6	1		
	4			1		6		3
1			9			8	4	
							1	9

		9	2				6	5
	1			6		2		4
						8	7	
		1	9		4			2
2	8						9	1
9			1		3	7		
	9	6						
1		5		9			4	
8	4				6	9		

	8			7		2		9
6			9			4	7	
							5	1
8			6		2	9		
	1	9				8	6	
		6	8		3			5
7	6							
	2	1			7			6
4		8		6			2	

9			2			4	3	
				8	9		2	5
	2			5		9		7
8			9		2			
	4						9	
			7		1			4
4		6		9			7	
3	7		8	2				
	8	5			6			9

				8	1	7		4
		7		4			1	3
1			7			2	5	
8			1		7			
		5				1		
			3		9			5
	4	8			6			1
5	6			1		3		
2		3	8	7				

6		7						
2	1			8		5		
	4	8			2			3
	2		1		3			5
	5	3				6	2	
7			9		5		3	
3			8			1	6	
		1		3			5	4
						3		8

4		7	3	1				
	5	3			6			8
9	6			8		7		
			7		2			9
		9				8		
3			8		1			
		1		5			8	7
8			1			4	9	
				3	8	1		5